小さな声が きこえるよ

新井ひろこ

文芸社

目次

白い羽

春のおだやかな日――。

白い羽がファーファーと、お空を飛んでいます。

お陽様《ひさま》の光を受けて、白い羽はすきとおるような輝きで、気持ちよさそうに風に乗り、飛んでいます。


大きなカラスが白い羽を見つけました。

じっと見ていたかと思うと、サーッと白い羽めがけて、鋭いくちばしでつかまえようとしました。

のんびり飛んでいた白い羽は、青い羽に変るほどびっくりしました。

「あ！　つかまる……」

その時、強い風がビューと吹き、白い羽を勢いよく飛ばしました。

「ありがとう、風さん」

白い羽は、風にむかって言いました。

カラスは遠くでガアーガアー、くやしそうに鳴いています。

白い羽はまた、ファーファーと飛び始めました。

「羽さん、どこまで行くんだい？」

雲が聞きました。

「行く先なんかないよ、こんなに気持ちのいい日だもの。散歩に出たのさ」

白い羽は手を振りながら、過ぎゆく雲に言いました。

しばらく静かな風が続いていましたが、なんだか風の中に湿ったにおいがしてきました。

白い羽は夢ごこちで、気づいていません。

突然、風がビューと音をたてました。

白い羽は驚いて聞きました。

「ど、どうしたの？」

風は黙って、ムクムクと大きくなる黒い雲を指さしました。

「なーに？　あの黒い雲はなーに？」

白い羽はこれから何が起こるのか心配で、風に聞きました。

風は怒ったように、ビュービューと吹き始めました。

白い羽はクルクルとまわりながら、飛ばされていきます。

「目がまわるー。目がまわるー。

助けてー、風さん！　助けてー」

白い羽は必死でさけびました。

風は音をたてて、まわりの木々も葉をも一緒に、クルクルと飛ばしています。

木の葉や土と一緒に飛ばされた白い羽は、茶色の羽になっていましたが、夢中でつかまるものをさがしました。

「大丈夫？　この幹の陰《かげ》にかくれて！　早く！」

茶色になった羽は、その声の通りに大きな幹の陰《かげ》でふるえていました。

「もう少しで風は静かになるから……」
誰《だれ》かが言いました。
でも、羽はブルブルとふるえが止まりません。

風が少しずつ少しずつ、静かになりました。
やっとふるえが止まった羽は、ゆっくりとまわりを見まわしました。
「もしかして……。君？　ボクを助けてくれたのは？」
木の根元の方に、小さな若葉が出ています。
「大丈夫だったでしょう。でも、まだ安心できないよ。
ほら、今度はカミナリだ。しっかりつかまっていた方がいいよ！」

ピカ！　ゴロゴロ！　ゴロゴロゴロ。

すごい音です。大きな木もふるえています。
さっきの若葉も小さく小さくなって、幹にしっかりつかまっています。
茶色の羽はイナズマの光で金色に見えます。羽は若葉に聞きました。
「あの、すごい音をたてて、こっちへくるのがカミナリ？
強い光をお供にしてやってくるよ！」

若葉は返事をすることもできないくらいに、小さくなっています。
羽はカミナリのすごさに、ただただ見入っています。

バリバリ、バリ！　ズーズーズー、バシ！

一瞬、羽は何が起こったのかわかりませんでした。
雨と風が一緒にやってきました。
風に飛ばされた木の葉たちが、ビショビショになりながら話をしています。
「たいへん！　たいへん！
けやきの大木に、カミナリが落ちたよ。
仲間がたくさんやけどをしたよ。
たいへんだー。たいへんだー」
今のは、カミナリが落ちた音だったのです。

木の葉たちがやけどをしていると聞いて、羽は、助けに行こうと思いましたが、雨にぬれた羽は自由に動くことができませんでした。

いつのまにか、カミナリがやみ、雨もやみました。

青い空とお陽様が、ニコニコと顔を出してきました。

茶色になっていた羽も、白い羽にもどっていました。

きれいになった羽はさわやかな風に乗り、ファーファーと舞い上がりました。

お陽様が、

「羽の坊や。びっくりしたかい？

カミナリサンは怖《こわ》いからなー。ハハハ」

そう言って、白い羽をキラキラと輝かせてくれました。

白い羽は木の葉たちが言っていた、カミナリの落ちたけやきの木を見に行きたいと思いました。

「そよ風さん、ボク……。行きたいところがあるんだけど……。つれて行ってくれる?」

そよ風に聞いてみました。

「それは無理よ。私たちは自由に吹いているの。頼まれたからって、ハイとは言えないわ」

「……」

白い羽は悲しい気持ちになりました。

心なしか羽の色が水色になった気がします。

「もう少し、このまま飛んでなさい。そのうち、けやきの木の上を通るから。そうしたら、枝につかまりなさいな」

そよ風は元気のない羽に、ちょっと強い口調で言いました。

「ホント？　やっぱり、そよ風さんはやさしいね。

うれしい、うれしい、うれしいなー」

そよ風は少々照れたように、甘い香りを運びます。

「すごーく、いい香り。なんの香り？」

白い羽はつま先立ちで、まわりを見わたしました。

針のような木の中にピンクの花が咲いています。

ひとつ、ふたつ……。

「バラの花よ、いい香りでしょう」

そよ風は得意気に言いました。

「ホント、いい香りだね。

でも、あの木は針のようにとがっているよ。

あの花は痛くないの？」

「あの針で花を守っているのよ、かんたんに折られないようにね」

「えっ、そうなの？」

白い羽は、あらためて針のようにとがった木を見ました。

「ネェー。あの針は下をむいて出ているよ。どうして？」

「……」

そよ風は知らないよと言うように、先に先に進みます。


「ほら、羽の坊や。見えてきたよ。

あの木が、カミナリの落ちたけやきだね」

幹の折れた薄茶色の木肌が、目にうつりました。

「痛かったろうな。あんなにお肉が見えてるよ……」

白い羽は、そよ風にありがとうと言って、ファーファーとけやきの上に降りて行きました。

傷口にさわらないように、ゆっくり根元へ降りました。

「こんにちは。痛くないですか？

ボクにできることはありますか？」

白い羽はけやきに聞きました。

けやきはうるさそうに、

「静かにしてくれよ！　傷が痛むから……。

自然に薄皮ができるから、そっとしててほしいね」

「ごめんなさい……」

白い羽は、今にも泣きだしそうな声でつぶやきました。


「……。坊や、悪かった。

ちょっとその羽で風を送ってくれるかい」

けやきは、うなだれている羽に言いました。

「うん！　いいよ。ホラ、痛いの痛いの、飛んでいけ――」

白い羽は目を輝かせながら、けやきの傷口にやさしい風を送ります。

痛いの痛いの、飛んでいけ――。
痛いの痛いの、飛んでいけ――。

けやきはやさしい風に吹かれながら、気持ちよさそうにうとうとしています。

白い羽はうれしくなり、ますますやさしい風を送ります。

「ありがとう。もういいよ。お陰で、ホラ傷が乾いたよ」

そう言って、けやきは白く乾いた傷口を指さしました。

白い羽はニッコリ笑って、

「よかったね」

けやきの根元には、カミナリで落とされた木の葉たちがかさなり合っています。

白い羽は突然、

「おーーい。風さーーん。風さーーん」

お陽様はキョトンと羽を見ました。

風もびっくり飛んできて、

「だれだい！　大きな声で呼ぶのは。いい気分で歌っていたのに」

「ごめんなさい……。

でも、この枝や葉っぱさんたち、かさなっていたら重いでしょう。

だから風さんの力で、なんとかしてやってほしいなーって思ったの…」

風は、太陽に顔をむけながら、

「ひとりじゃ、むりだねぇー。

太陽さんの力も借りて、乾かしながら吹いてみますか」

お陽様ニッコリ笑って、まっかっか。

風さんいっぱいふくらんで　フーフ。フーフ。

小枝も葉っぱもおどります。

「ありがとう！　風さん、お陽様、やさしい坊や」

白い羽は、チョッピリ照れて、ピンク色になりました。

「風さん、お陽様、ありがとう」

みんなにさよならを言って、白い羽はまた風さんと一緒に舞い上がりました。

しばらく飛ぶと、川原《かわら》が見えてきました。
「なんだか、つかれちゃった……。
少しやすもうかなー」
と言いながら、白い羽は川原の小石の
上に降りてきました。

川では親子づれが遊んでいます。
小石はとってもあったかで、水の上を渡る風はとても爽《さわ》やかで……。
白い羽はウトウト……、スースー。

「あっ！　きれいな白い羽！　ボクの宝物だ！　宝物だ！」

どのくらいねむっていたのだろう。
男の子の声で目がさめた白い羽は、びっくりしました。
小さな可愛《かわい》い手が、羽をやさしくやさしく撫《な》でているのです。
その手は柔らかくやさしく、白い羽はふたたびねむくなりました。

「いいかー。ボクも少しつかれたし、この子の宝物になれるのなら……。つまらなくなったら、また旅に出ればいいんだ」

白い羽はそう考えたら、スースースーと、男の子の手の中でねむってしまいました。

男の子は、白い羽を大事そうに帽子に付けました。

「お父さーーん。ホラ！　ボクの宝物！　かっこいいでしょう！」

お父さんは釣り糸を垂れながら、親指をたてニッコリ男の子にこたえました。

「グー」

アリのなみだ

夏の暑い暑い日のことでした。

せっせと働き者のアリが大きなセミの羽を見つけました。

「すごいや！　こんなに大きなごちそうだ！

でも大きい分、家に運ぶのがたいへんだな……」

アリはブツブツ言いながら、背中にヨイショとかつぎました。

「もしもし、ネェ……。アリさん、きこえるか〜い」

「だれ？　僕のこと？」

アリはまわりを見まわしました。

すると片方羽のないセミが、木陰の石のそばでたおれています。

「おや？　セミさん、どうしたの？　クモの巣《す》にでもかかったの？」

「ちょっとよそ見をしていたら、この通り。片方の羽を思いきり、あの枝にぶつけちゃった……」

セミは高い木の枝を見上げました。


「アリさん、お願いがあるのだけれど……。聞いてくれる？」

セミは悲しい目でアリを見つめました。

あまりに悲しい目なのでアリは思わず、

「僕にできること？」

と聞き返しました。

「僕はもうすぐ死ぬんだけれど、ひとつだけ心のこりがあるんだ……」

セミが答えました。

アリはセミがもうすぐ死んでしまうのを感じていました。

「な〜に？　言ってごらん。

僕にできることだったら、頼まれてやるからさー」

アリはついそう言ってしまいました。
「ありがとう！　アリさん。
僕のぬけがらが……、
この桜の木の枝の、ほら！　あそこ！
あれが僕のぬけがら。
そのとなりの葉にあるのが妹のぬけがら……。
妹は僕がちょっとよそ見をしていたら、
どこかへ飛んでいってしまったんだ……。
夢中でよんだけど、わからない……。
アリさん……、僕たちの命が
とても短いの知っているよね。
土の中に何年ももぐっているのに、
地上に出ると、十日間くらいしか

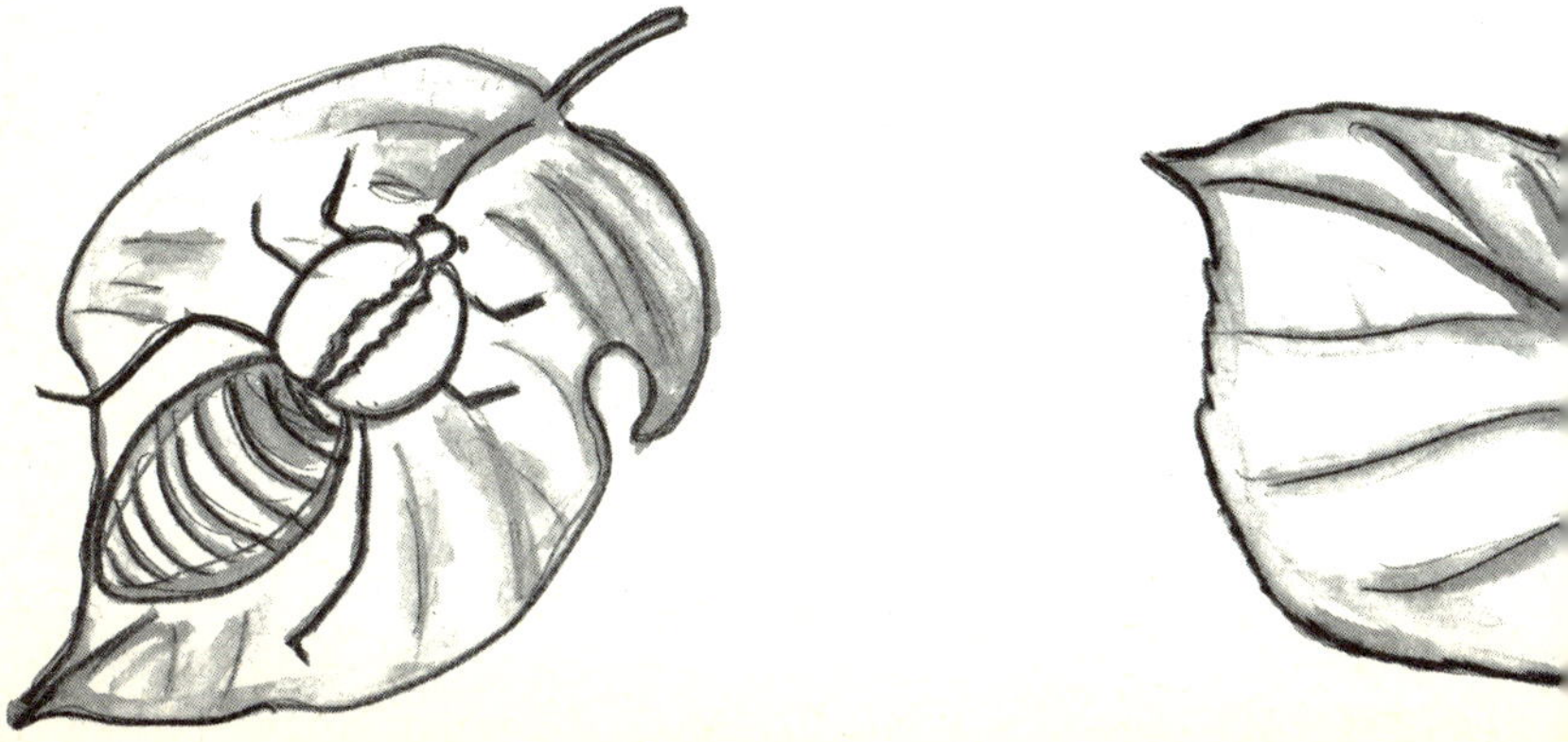

生きられないんだ……。
だから、僕は妹と約束してたんだ。
地上に出たら、自由に飛びまわって一緒に遊ぼうって……。
それが……、それがさ……。いないんだよ……。
お願いだよ、妹をさがして！
アリさんはお友達がたくさんいるから、
どこかのクモの巣にかかっていたとか、
あそこの松の木にいたとか……。
仲間のアリさんに聞いてくれないかい？　お願いだよ」
アリは思いました、もうすぐ死んでしまうセミの願いを聞いてやろうと……。

「わかった、わかったよ。

もう話さないで、少し体を休めた方がいいよ……」

アリは手足をバタバタする力もないセミに言いました。

「アリさん、ありがとう」

セミの目には、涙がいっぱいでした。


アリは、それからが大忙しでした。仲間のアリに、

「お兄ちゃんをさがしている妹セミを見なかったかい？」

と聞いて歩きました。


トゲアリは「知らないよ」。

アメイロアリも「知らないねぇー」。

クロヤマアリも「知らないなぁー」。

サムライアリにも聞きました。

「ああ、いたいた。そのセミの話、聞いたことがある。

でもそのセミはカラスがさらっていったとか……。

たしかアブラムシが言ってたよ」

アリはサムライアリから聞いたアブラムシのところへ行きました。


アブラムシは、ピンクのいいにおいのするバラのつぼみを、おいしそうに食べながら、アリの話を聞いていましたが、

「かわいそうにさぁー。

『お兄ちゃん、お兄ちゃん』と呼ぶセミがあんまりうるさいもんだから、カラスに見つかってさぁ。さらわれていっちゃったよ。

かわいそうなセミだったんだねぇ……」

と言いました。

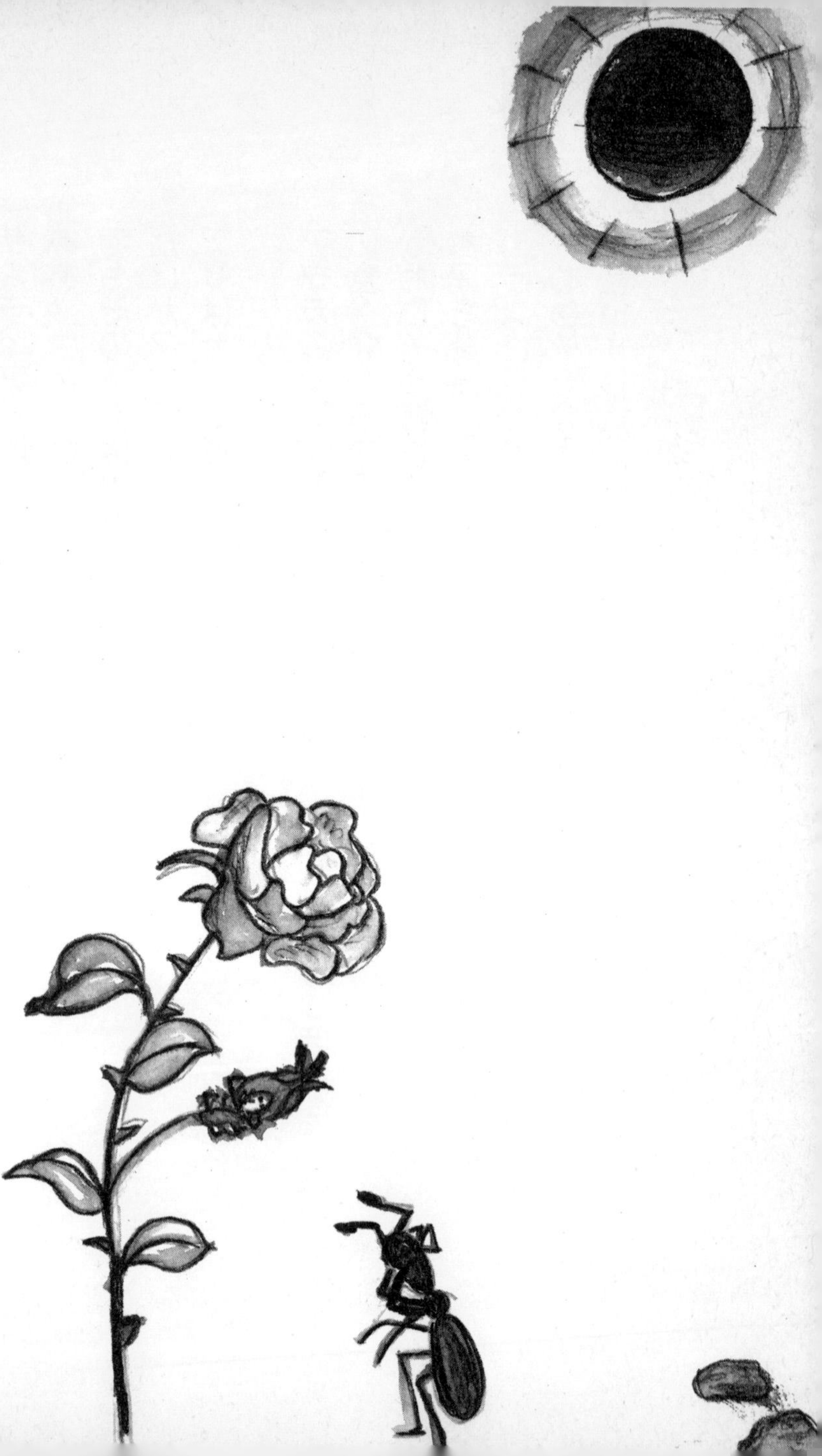

アリは思わず涙がポロポロとこぼれました。

アブラムシにお礼を言って、アリはセミのたおれている木陰の石のところへもどっていきました。

「アリさん、どうだった？　妹のこと、わかったの？」

切れ切れな息の中で、セミが聞きました。

「ほら、あそこに見える松の木の幹で、友達と仲良くおいしい樹液を食べていたそうだよ」

アリは本当のことが言えませんでした。

「よかったー。僕の分まで食べたかな？」

セミがうつろな声で聞きました。

「お兄ちゃんの分をのこしておく、と言っていたそうだよ……」

アリはそう答えました。

セミはうれしそうに、片方だけの羽を少し動かそうとしました。

でも、もう力はありませんでした。

セミの目から涙があふれ、

「僕も食べたかった……、僕も……」

と言ったきり、動かなくなりました。

アリは大切な友を失ったようで、あとからあとから涙がこぼれました。

しばらくしてアリは誰《だれ》にもわからないように、セミの体を桜の木の下にある石の下にかくしました。

その上には、もう一枚の羽と小さな小石をのせました。

白い花びらものせました。

そしていつものように、せっせせっせと働き出しました。

郵便はがき

恐縮ですが切手を貼ってお出しください

1600022

東京都新宿区
新宿1−10−1
(株) 文芸社
ご愛読者カード係行

書　名				
お買上書店名	都道府県　市区郡　書店			
ふりがな お名前			大正 昭和 平成　年生　歳	
ふりがな ご住所	□□□-□□□□		性別 男・女	
お電話番号	(書籍ご注文の際に必要です)	ご職業		

お買い求めの動機
1. 書店店頭で見て　2. 小社の目録を見て　3. 人にすすめられて
4. 新聞広告、雑誌記事、書評を見て(新聞、雑誌名　)

上の質問に1. と答えられた方の直接的な動機
1. タイトル　2. 著者　3. 目次　4. カバーデザイン　5. 帯　6. その他(　)

ご購読新聞　新聞	ご購読雑誌

文芸社の本をお買い求めいただき誠にありがとうございます。
この愛読者カードは今後の小社出版の企画およびイベント等の資料として役立たせていただきます。

本書についてのご意見、ご感想をお聞かせください。
① 内容について

② カバー、タイトルについて

今後、とりあげてほしいテーマを掲げてください。

最近読んでおもしろかった本と、その理由をお聞かせください。

ご自分の研究成果やお考えを出版してみたいというお気持ちはありますか。
ある　　ない　　内容・テーマ（　　　　　　　　　　）

「ある」場合、小社から出版のご案内を希望されますか。
する　　しない

ご協力ありがとうございました。

〈ブックサービスのご案内〉
小社書籍の直接販売を料金着払いの宅急便サービスにて承っております。ご購入希望がございましたら下の欄に書名と冊数をお書きの上ご返送ください。　（送料１回210円）

ご注文書名	冊数	ご注文書名	冊数
	冊		冊
	冊		冊

空と長老なまず

晴れた空の下――。

水面はお陽様《ひさま》を受け、キラキラと輝いていました。

水の中では魚たちが群れをなして泳いでいます。

大人《おとな》の魚やら子供の魚やら、いろいろいます。


大人の魚が子供の魚たちに言いました。

「いいか、おまえたち。まだ、光る糸につかまらないで、『ごちそう』を取る知恵がないのだから、絶対に、いつも食べる物以外は口にしてはいけないよ」

「うん、わかってるよ。でも、いつになったら食べられるの？」

子供の魚が聞きました。

「それは、俺《おれ》ぐらい大きくなったらな」

バシャーン。

水音をたてながら、大人の魚は大きく水の上にはねてみせ、スィーと泳いで行ってしまいました。

「ねえ！　『光る糸』、見に行かない？」

「こわくない？」

「よーく見て、『ちえ』をつけないと、おいしい『ごちそう』が食べられないからねぇー」

「そうだね。行こうか？」

「みんなと一緒だし、僕等《ぼくら》のように小さいのは、きっと相手も気にしてないと思うから安心だよ」

みんな口々に言いながら、恐《おそ》る恐る釣人の姿が見える岸辺まで、群れを作って泳ぎました。

「あっ！　あそこ……」
「どこ？　どこどこ？」
「どんなの？」
「『ごちそう』は、なーに？」
子供の魚たちは、
口をとがらし重なりながら、
ひそひそと話し始めました。

「あっ、イタッ！」

「どうしたの？」

「ねえ、どうしたの？」

「たいへんだ！　背中に何か、ささってる！」

先のとがった光るものが、子供の魚の中でも二番目に小さい魚の背びれに、クルッとささっています。

「痛いよー。痛いよー。だれか早くとって！」

青い目を涙でいっぱいにしてさけびました。

でも子供の魚たちは、どうすることもできず、ただクルクルまわるだけでした。

「あっ！　引いたぞ。うーん。でも引きが悪いなー。雑魚《ざこ》かな」

そう言いながら釣人は竿《さお》を上げました。

子供の魚たちは、もうびっくりです。
だんだん上にあがっていく姿を見て、あわてて、ススス、スススス
と逃げ出しました。

「どうしよう……」

「どうする……。あの子……」

「でも…、逃げた方がいいよ」

「あの子をおいて?」

「だって……、ホラ、あんな遠くへ行っちゃったよ」

後ろをふりかえり、ふりかえり、子供の魚たちは逃げました。

「げっ!　こんなのがかかったよ」

そう言って釣人は、小さな魚の背びれにささった針をぬきとり、

「大きくなったら、またかかってくれよ」

小さな魚に言いながら、水の中へそっとかえしてくれました。

小さな魚はビクッと水の中で体を動かしました。


「助かった……。助かったんだ!

おーい、みんなー―。どこにいるの――」

夢中で子供の群れをさがしました。

陽《ひ》だまりのあしの中で、子供の魚たちは息をひそめて泣いていました。

「どうしよう……」

「かわいそう……」

「じゃー、どうすればよかった?」

「みんなで水をバシャバシャすればよかったのかなー―?」

「でも……、大人になっても、
あの『光る糸』に食べられちゃうんでしょう?」

「そうだよね」

「そうよね」

子供の魚たちは、だんだん声が大きくなっていました。


「あ――！　いたいた。みんな――、どうしたの？　何を話してるの？」

「あれ！　どうして……？　食べられたんじゃないの？」

「ほんと！　どうしたの？　ねえ、どうしてここにいるの？」

「でも……、よかった……ね。もう、どこも痛くない？」

「見せて見せて。穴が……、あいた？」

子供たちは帰ってきた魚に、かわるがわるに聞きました。

帰ってきた魚は、

「みんな……。ひどいよ……。ボクだけおいて逃げちゃうなんて。怖《こわ》くて怖《こわ》くて、ボク、口がパクパクしちゃった」

「ねえー。どうして食べられなかったの？」

目を赤くして泣いていた一番小さな魚が聞きました。

「そうだよ。どうして？　ねえ、どうして？」

みんなも帰ってきた魚に聞きました。

「ボクにも……、よくわからないけど。

やさしくボクを見て、かえしてくれた気がするんだ。

本当のこと言って、ボク、怖くてよくおぼえていないんだ。

ただ、『空』が青くて、広いなってことだけは、わかったけど……」

「ふーん、『空』って、青いの？」

「『空』って、広いの？」

「水の中のように泳げるのかな？」

「食べる物もあるのかしら？」

子供の魚たちは先程の怖さもすっかり忘れて、「空」の話に夢中になりました。

「『空』へ行った大人の魚はいるのかな?」

「私、聞いたことないよ」

「ねえねえ、誰《だれ》か聞いたことある?」

「じゃあ、大人の魚に聞いてみようよ」

「それがいいわ」

「そうだね」

「そうしよう」

子供の魚たちは、また群れを作って大人の魚をさがしました。

お陽様に温められた水の中は、とても気持ちよく、おなかがすくのも早いようです。

「あのさー。おなか、すかない?」

「すいた! ペコペコだよ」

「あしの葉の間に、ごちそうがたくさんいたよ」

「じゃあ、食べに行こう」

「そうだね。食べてから『空』の話を聞きに行こうよ」

話はすぐにまとまりました。

子供の魚たちは、すごくおなかがすいていたからです。


「おいしいね」

「すごくおいしいね」

あしの葉や幹に付いている小さな虫をスーと吸いこみながら言いました。

「これって、栄養あるのかな？」

「ウフフ、おかしなこと言うのね。私たちが大きくなるために食べるんだから、栄養があるに決まってるじゃない」

「あっ。そうか。そうだよね」

「でもさ……、もっとおいしいんだろうなー。

大人の食べる『ごちそう』って、どんな味がするんだろう？」

帰ってきた魚が言いました。

「甘いのかしら？」

「うーん。きっとすごい味なんだよ」

「そうよね。だって……、食べるにはすごく『ちえ』がいるのでしょう？」

「ああ、食べたい！」

子供の魚たちは『空』のことは忘れたように、『ごちそう』の話に夢中になりました。

青い目を輝かせながら口をとがらし、パクパクパクと泡を飛ばしながら。

大人の魚が近づいてきて、

「何をそんなに夢中になって話しているのだ」

急に声をかけられたので、子供の魚たちはびっくりして、あしの葉の中へヒューヒューと逃げこみました。

「アハハハ。驚かしてすまん、すまん。

私が近づいたのもわからんくらい夢中で、
いったい、何を話してるんだい？」

「なんだー。大人の魚さんか。本当にびっくりしたよ。

急に声をかけるんだもの」

「おやおや。それは……ないだろう？

私が近づいてくるのに気づかない君たちがいけないいんだよ。

いつも大人に言われているだろう。

まわりをよく見て、たくさんのことを覚えろと」

「そりゃ、そうだけど……」

「今ね、すごいこと話してたの！」

「そうだ。大人の魚さん、聞いてもいい？」

「なんだい？　チビの魚たち。なんでも聞いてくれ」

ちょっと偉そうにスイ、スーーイと子供の魚のまわりを泳ぎ、大人の魚は言いました。

「大人の『ごちそう』って、どんな味がするの？」

「ネエネエ、どんな色をしているの？」

「あのさー。どうしたら上手《じょうず》に食べられる？」


大人の魚はこまりました。

まだ自分も、ちゃんと食べたことがないからです。

一度食べそこなった時、先のとがったもので口をケガしてから、なんとなく恐ろしくて、ゆっくり浮いている食べ物には、口をつけないようにしているのです。

「それは……、いろいろあるんだよ。
私はまだたくさん食べたことがないから、
これと言って教えるには……。
そうだ！　なまずの長老なら知っているだろう。
なにしろヒゲが真《ま》っ白《しろ》になるくらい生きているんだから、
たくさん『ごちそう』も食べていると思うなー」

「どこへ行ったら、なまずの長老に会える？」

「ネエ、一緒に行こうよ。大人だって聞きたいでしょう」

「そりゃあさー、私だってケガをしないで食べられるのなら、
その知恵を知りたいけど……」

「えっ？　ケガをしたの？　ボクと同じだ」

帰ってきた魚が言いました。

「？」

大人の魚は首をかしげて、目をギョロリと動かしました。

「ボクね。さっき、先のとがった光るものが背中にささって、空に上ったんだよ。でもね、人間っていうのが、ボクのこと、水の中へかえしてくれたんだ」

「そうなのよ。みんなで心配していたら、帰ってきたの！」

「ホラ、ホラホラ。ケガしてるでしょう」

少し血の出ている背びれを大人の魚に見せながら、子供の魚たちが言いました。

「ほんとうか。そりゃあ帰れてよかったな。キズは痛まないか？

私はホラ、まだキズが残っているぞ。ここのとこ」

へんな形の口をちょょっと曲げて、子供の魚たちに見せました。

「ボクはもう平気、痛くないよ。それよりね、ボク、『空』を見たんだよ。青くて、広いんだ。空って」

「おまえ……、空を見たのか？　すごいじゃないか。

私は、まだ空を見たことがないぞ。

空は、青いのか？　そんなに広いのか？」

大人の魚は帰ってきた魚に聞きました。

子供の魚たちも空のことを思い出し、一緒になって空のことを考えました。

でも考えても考えても、空は青くて広いしかわかりません。

「よし、それなら空のことも、なまずの長老に聞いてみようか」

と大人の魚が言いました。

「それがいいね」

「それがいいよ」

子供の魚たちもポッポッ、と泡を飛ばしながら言いました。

みんなで、なまずの長老のところへ行くことになり、大人の魚を先頭にして、スイースイー、スススと泳ぎました。

「おや？　どうしたんだい？　おそろいで」

少し太りぎみの大人の魚が近づきながら聞きました。

「なまずの長老に、空のことやごちそうの話が聞きたいと、子供たちが言うので、連れて行ってやるところさ」

「へえ、おもしろそうだね、それなら私も一緒に行ってもいいかい？」

「うん。いいよ。大人だって空を知らないってことあるものね」

子供の魚たちは小さな泡をポッポッ、と吐きながら言いました。

大人の魚と子供の魚たちの群れは、ちょっと目立ちました。

次から次へと平たい魚やとがった魚、細い魚が子供の魚たちの後についてきて、いつのまにやら大きな群れになりました。

あしの葉虫は息をひそめ、川ガニは川底の石の陰にかくれ、川虫は岸辺に寄って不思議な群れを見ています。

「なまずの長老！　おきてますか！」

大人の魚が、こんもりと山になっている泥の家の扉の前で呼びました。

小さな魚たちは自分たちが住んでいるところと少しちがうにおいと、ブツブツした黒い泥の家に驚いて、目を飛び出しそうなくらい大きくし、いつもより口をパクパク、パクパクパクパクしました。

「長老！　長老！　いないのですか！」

大人の魚たちが泥の扉をあけようとした時、

「だれか――。呼んだかあ――」

こわい顔の魚が出てきました。


「ウワーッ」

みんな、とっさに後ろへさがりました。

子供の魚たちはひとかたまりになって、のみこまれないように、あしの葉陰にかくれました。

「なんだぁー。何か用かぁー。呼んだのはー―、だれだぁー」

大人の魚たちは冷たい汗をふきながら、やはりのみこまれないように、スス、スス、ススと動きながら、子供の魚たちが『空』のことや『ごちそう』の話を聞きたいことを伝えました。

重たげな瞼《まぶた》をゆっくり上げて、濁ったような目をじっと魚の群れにむけていましたが、

「ふー―ん。そうだなぁー。知ることもいいことか」

そう言って大きな体を左右にズー、ズズとゆらしました。

真っ黒く臭い泥が舞い上がり、何も見えなくなりました。

魚たちは尾びれや背びれで泥を払いながら、なまずの長老の姿が見えるのを待ちました。

少しずつ少しずつ、体が見えてきました。

とても頭が大きく、体はあまり肉がついていないようで、水の中で皮がブヨブヨとゆれています。

「もっとそばに来ないと話がわからないぞ」

ひくい声で長老なまずは子供の魚たちに言いました。

ビクビクしながら少しずつ、子供の魚たちは長老のそばに集まりました。

大人の魚たちも子供の後から長老をかこむように泳いでいます。

「何が聞きたい？」

口をあけるたびに泥を吐き出し、ギョロギョロと濁った目で子供たちを見ながら言いました。

帰ってきた魚が得意気にポッポッ、と泡を出しながら言いました。

「ボク、今日ね、『空』を見たんだよ。『空』って、青くて、広いんだよ」

「それでね……、『空』って、泳げるの？」

一番小さい魚が聞きました。

「食べ物はあるのですか？」

「どのくらい広いのですか？」

「『空』へ行くには、どうしたらいいの？」

子供たちは次から次へと、まわりのにおいや泥が口に入るのも気にせず、長老にたずねました。

「ふーーん。『空』かぁーー。『空』を見たのかぁー」

長老は真っ白いヒゲを左右に長々となびかせながら言いました。

大人の魚が照れたように、

「すみません……。私にも、ひとつ教えてくれませんか?」

見上げるように長老のヒゲの下から言いました。

「うーん、なんだぁー。おまえさんは何が聞きたい?」

ひときわ臭い泥をパッパッと吐き、チラッと大人の魚を見て言いました。

「ハイ。『ごちそう』の取り方なんですが……、私も是非《ぜひ》、食べたいと思いまして。ハイ」

「ふーん、ハァー。ふーん、ハァー」

長老なまずは、泥を吐いたり飛ばしたり、またまた吸ったり飛ばしたりしながら、しばらくの間、重たげな瞼を閉じて考えていましたが、ガブ、ガブガブと大きな息を吸いこんで話し始めました。

「まず、『ごちそう』のことだ。
水の中にあるものだけで、本当は充分足りているのだが、
悲しいもので、珍しいものにはすぐ飛びついてしまう。
食べてみると、あの『ごちそう』というのも、うまいものじゃないぞ。
ただ珍しいし、きれいな色で目をひくだけで、
味もなんにもありゃしないんだ。

それにな、『ごちそう』ってのは、先のとがったものにさしてあり、
口に入れたとたんに、その、とがったものがのどに引っかかり、
ホラ、さっき子供らが言っていた『空』、
『空』へ釣り上げられてしまうんだよ。
それでも、食べられればいいさ。『ごちそう』が。
でもなぁー。世の中そんなうまいぐあいにはいかないもんだ。

まあー。上手に食べたければ、
ほんの少し、先の方だけを食べることだなぁー。

……『空』。『空』のことねえー。
わしも『空』には行ったことがないから、
なんとも言いようがないが……。
魚で『空』に行ったものは、
二度と水の中にはもどらなかったなぁ。

わしは……、『空』に行くというのは、
川で生きることをやめたことなんだと思うのだが、
本当のことは、わしにもわからん。
こうして長い間、泥と過ごしているのだからな……。

そうか。ぼうず。『空』を見たのか。

『空』は、川とおなじように青いのか？　そして、広いのだな？」

不思議なものを見るような目で、長老なまずは帰ってきた子供の魚に泥をふきかけながら言いました。

大人の魚も子供の魚も、わかったようなわからないような気持ちで、長老なまずに別れを言って、来る時の楽しさはなくなり、静かな静かな群れで、スー、スーと泳ぎました。

「おぉぉー」

声に驚いてふりかえると、長老なまずが泥をモクモクたてながら、

「おぅーおぅー」

と上にあがっていくのが見えます。

魚たちは何事かと長老なまずに大声で聞きました。

「どうしたの——」

「どうしました——」

「大丈夫ですか——」

長老なまずの口元から光るものが見えます。

魚たちは、それがなんであるか、わかったような気がしました。

「ウァハハハ。わしも『空』へ行ってみるよ——。

ぼうず——。『空』は、青いんだよな——。

そして、『空』は広いんだよな——。

みんな——、げんきでな——」

長老なまずの、こんもり山の泥の家は、グシャグシャにこわれ、ただの泥山となり、「空」に行った長老なまずは二度と帰ってきませんでした。

著者プロフィール

新井 ひろこ（あらい ひろこ）

1947年5月2日生まれ
星座 おうし座

小さな声がきこえるよ

2003年7月15日 初版第1刷発行

著 者 新井 ひろこ
発行者 瓜谷 綱延
発行所 株式会社文芸社
〒160-0022 東京都新宿区新宿1－10－1
電話 03-5369-3060（編集）
03-5369-2299（販売）
振替 00190-8-728265

印刷所 株式会社フクイン

ISBN4-8355-5885-5 C8093